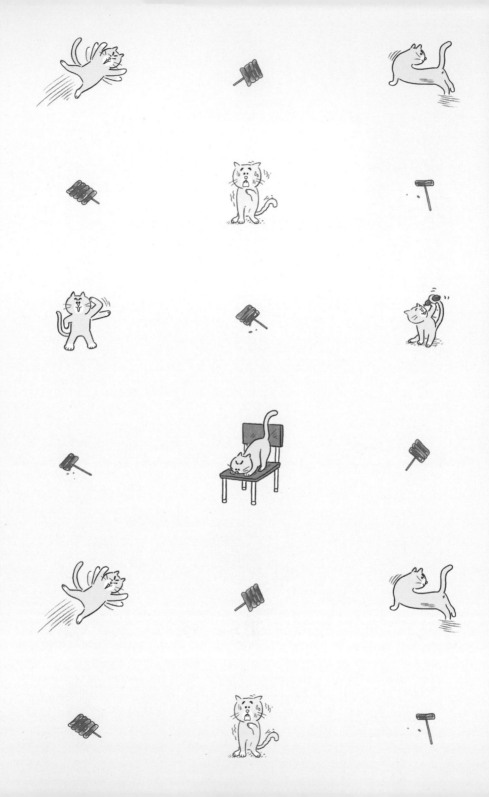

沒有孩童就沒有天堂。

阿爾加儂・斯溫伯恩（Algernon Charles Swinburne）

對放學後的學生來說，沒有辣炒年糕就沒有天堂。

年糕奶奶

똥볶이 할멈 1 아이들을 지켜라!

年糕奶奶便便變 ①

追查放屁凶手

姜孝美강효미／文

金鵡妍김무연／圖

林建豪／譯

甜甜辣辣、嚼勁十足！

「宇宙最強」辣炒年糕，好吃到**升天**！

但是⋯⋯只要遇到壞蛋，

年糕奶奶就會施展魔法，念起**「便便變」咒語**！

微辣年糕、

炸醬年糕、起司年糕、

奶油年糕、醬油年糕、油炸年糕，

不論什麼口味的年糕，只要碰到壞蛋的舌頭，

馬上會變成「便便口味」的懲罰年糕！

所以，在年糕奶奶念咒語之前，

壞蛋最好趕快求饒，趕快逃跑吧！

辣炒年糕變，辣炒年糕便便！
辣炒年糕便便變！

噗嚕噗嚕

舊舊的大鍋裡，正煮著紅紅的辣椒醬汁。

「可以下鍋了！」

年糕奶奶把白白胖胖的年糕放進大鍋，等醬汁煮滾後，再撒上兩勺白糖。

年糕奶奶嘴角掛著笑，說：「終於快煮好了！」

為了讓醬汁充分入味，年糕奶奶用勺子努力攪拌，一邊攪拌一邊哼著歌：

「辣炒年糕～辣炒年糕～

宇宙最強的辣炒年糕～

你問我宇宙最強年糕的祕密～

美味沒有祕密～只有年糕奶奶的好手藝～」

就跟歌詞唱得一樣，宇宙最強年糕的祕密沒什麼大不了，食材也只有年糕、辣椒醬汁、白糖和清水，上桌前再撒上魔法般的起司粉。

　　年糕奶奶的辣炒年糕真的很特別。放入口中時，甜甜辣辣的滋味在舌尖慢慢擴散，愈嚼愈香，愈嚼愈有勁。一吞下去，口腔還會湧上香濃的微辣感，好吃到升天。

　　所以平常不愛炫耀的年糕奶奶，一談到自己的辣炒年糕就變得非常自豪，好像完全忘記「謙虛」兩個字。

　　「如果只說這是全國最美味的辣炒年糕，那就太可惜了！我的辣炒年糕是全地球最強的！不，是全宇宙最強的！」

　　每天只要一到放學時間，年糕奶奶的辣炒年糕店就會擠滿小客人。

「年糕奶奶！請給我一份辣炒年糕！」

「我要兩份辣炒年糕！」

「請給我一份『像兩份那麼多』的辣炒年糕！」

「一份就是一份！」年糕奶奶生氣地說。

年糕奶奶看起來很冷淡，事實上很慷慨，她把年糕盛在盤子上，幾乎滿出了盤子。

「拿去吧！」

當年糕奶奶把辣炒年糕端上桌，小朋友都忍不住驚訝地張大嘴巴說：「哇！」

　　「如果沒有把食物吃光光，我會把你們趕出去喔！」

　　舊舊的大鍋裡，原本裝得滿滿的辣炒年糕一點一點減少，很快就見底了。原本擠滿了整間店的小朋友，吃飽後也一一回家了。

　　「唉呀，好累呀。」

　　年糕奶奶終於可以喘口氣了。

噹啷噹啷

過了一會兒，掛在店門口的鈴鐺響了。

「打烊囉！」

原本在洗碗的年糕奶奶用圍裙擦乾手，大聲說道。

門口站著一個臉紅紅的小女孩，好像在猶豫要不要進來。

年糕奶奶回頭看了看鍋子，空蕩蕩的大鍋裡只剩下幾條年糕。

「辣炒年糕已經賣光了！」

「是喔……」

女孩露出失望的表情。

要是在平時，年糕奶奶大概早就一邊嘮嘮叨

叨，一邊準備煮新的辣炒年糕，因為年糕奶奶的原則是「絕對不讓客人餓著肚子離開」。

但是今天生意太好了，年糕和起司都用光了。

「好，那我先走了……」

小女孩沮喪地轉身準備離開。

「你先等一下！」

年糕奶奶叫住了小女孩。

「雖然不到一份，你還是先嘗嘗味道再走吧！但這不是免費的喔。」

「真的嗎？謝謝。」

年糕奶奶把剩下的辣炒年糕豪邁地裝進盤子，雖然份量很少，但看起來非常美味。

小女孩叉起一條年糕塞進嘴裡。

「嗯！真好吃！」

「你叫什麼名字？我好像沒見過你。」

　　只要是見過面的小朋友，年糕奶奶都不會忘記。

　　「我昨天剛轉來陽光小學。我叫做李笑笑。」

　　「嘖嘖，真是太可惜了！明明叫做笑笑，卻完全不笑呢！」

　　笑笑從進來到現在，真的完全沒笑過。

　　她慢慢地吃了幾條年糕，可是明明還沒吃

完，她卻突然放下叉子不吃了。

「唉呀，真糟糕！」

年糕奶奶嚇了一跳，因為來光顧的小朋友都會把辣炒年糕吃光光，從來沒有剩下的！甚至她還常常得要阻止小朋友把盤子上的醬汁舔乾淨。

「你吃飽了嗎？」

「對。」

「年糕不好吃嗎？」

笑笑搖搖頭。

「那怎麼不吃完呢？這可是我們家的辣炒年糕耶！陽光小學前的辣炒年糕店，可是全地球！不對，是全宇宙最美味的辣炒年糕！」

「真的很好吃，只是我沒胃口。」

「唉呀，真糟糕！」

「我放學時剛好經過，聽說只要來這間辣炒年糕店，不管有多麼沉重的煩惱，都能輕鬆解決。我本來不相信，想直接回家，但走到家門前又覺得後悔，於是再走回來，所以才這麼晚。」

「嘖嘖！那些全都是道聽塗說，胡說八道！」

「……原來是騙人的嗎？」笑笑失望地低下頭。

「但試看看不吃虧啊！說了也不會少一塊肉，你就說給奶奶聽吧。」

「你真的願意聽我說嗎？」

「我有耳朵，只要你開口說，我就一定會聽見，不是嗎？」

年糕奶奶一邊洗盤子，一邊豎起耳朵聽。

笑笑猶豫了很久，最後終於開口。

「其實……今天在學校發生了一件很丟臉的事。吃完營養午餐後，我的肚子有點痛，而且一直想放屁。後來，不知道是誰放了一聲屁，大家就說是我放的，還叫我『放屁大王』。雖然我很想放屁，但我沒有放啊！」

「唉呀！真是一群壞孩子……」

「不管我怎麼說，同學都不相信。我昨天才轉學過來，今天就變成『放屁大王』，嗚嗚嗚！」

話剛說完，笑笑就嚎啕大哭。

「原來你是因為這樣，才會沒胃口啊。」

「……年糕奶奶，你也覺得是我放的屁嗎？」

「不是！既然你說不是，那應該就不是。」

年糕奶奶一臉堅定地搖了搖頭。

「謝謝你相信我，但從明天開始，我再也不要去學校了！」

「什麼？你要曠課？」

「對。」笑笑繼續哭著說：「我再也不要，再也不要去學校了！」

「唉呀，真糟糕！」

年糕奶奶面無表情，只是點點頭，但她已經想好了一個壞蛋懲罰計畫。

「竟然誣賴轉學來的新同學是放屁凶手！我要找出那些壞孩子，狠狠教訓他們！」

「我要打烊了，你快回家吧！」

「好，年糕奶奶再見……」

笑笑走到外面，突然想到自己還沒付錢。

「糟糕！」

笑笑轉身回去，但門早就鎖上，打不開了。

笑笑一走出去，年糕奶奶就立刻鎖上店門。

年糕奶奶綁緊圍裙，右手拿起勺子，左手拿起鍋子，這些都是她從開店以來一直用到現在的工具。

「該來『便便變』了吧？」年糕奶奶笑著自言自語。

年糕奶奶變，年糕奶奶便便，年糕奶奶便便變！

年糕奶奶念出非常厲害的魔法咒語，接著就發生了不可思議的大變化！

一轉眼，平凡的年糕奶奶變成了便便奶奶！

奶奶原本蓬鬆的銀白頭髮，變成茂密又亮眼的紅色；原本沾滿醬汁的圍裙，也變成帥氣的白色盔甲；而充滿陳年汙垢的老舊勺子和鍋子，則變成閃閃發亮的武器。

「咻！」

便便奶奶帥氣地吹了聲口哨。

這時，辣炒年糕店門口出現了一道長長的黑影，並傳來爪子刮門的聲音。

要……要出動了嗎？

便便奶奶打開門，看見一隻正在發抖的野貓，牠是便便奶奶的助手「起司」。

「喵嗚！要……要出動了嗎？」

「沒錯。」

「請……請快點讓我變身吧！」

不過，為什麼貓的名字叫做起司呢？

「起司」是年糕奶奶幫這隻流浪貓取的名字。正如辣炒年糕絕對不能少了起司，年糕奶奶希望這隻貓咪能成為自己優秀的助手，所以幫牠取名為起司。

「我去過下水道和泥巴坑，不管怎麼清理都還是臭臭的，還是不要進店裡好了。」

不管年糕奶奶多懇切地要牠進去，牠都這麼回答。

便便奶奶對著起司念起了「便便變」咒語。

起司喵喵變，起司喵喵便便，
便便神喵便便變！

膽小的起司貓咪突然消失了，變成威風凜凜的「便便神喵」！

　　便便神喵豎起耳朵，活力十足地問：「今天的任務是什麼呢？」

　　「我們要幫一個名叫『笑笑』的孩子解決煩惱。」

今天的任務是什麼呢？

「我知道她讀幾年幾班，我來帶路吧！」

便便神喵無所不知，因為四處流浪，這附近任何地方牠都去過。

便便奶奶的靴子突然爆發出強大的噴射火焰，瞬間將奶奶推上高空。

「等等我！」

起司神喵用長尾巴纏上奶奶的腳踝，牠的身體就像真的起司一樣拉得長長的，飛向天空！

他們畫過漆黑的夜空，快到幾乎沒有人看見。

便便奶奶和神喵一起抵達陽光小學二年一班的教室。

神喵歪著頭問：「到教室了，但我們能找出誣賴笑笑的人嗎？」

「我們不只要找出誣賴她的人，還要找出真正的放屁凶手，畢竟他看見笑笑被誣賴，還視若無睹。」

我立刻行動！

「呼，這項任務可不簡單，我立刻行動！」

話還沒說完，神喵便急急忙忙開始行動。

牠在桌子間滑來滑去，

嗅嗅

喵嗚

四處檢查，一會兒鑽到椅子下，一會兒跳上天花板。但這些都是多餘的動作，對這次任務完全沒有幫助。

咻咻咻

「起司！拜託你，趕快停下來！」

便便神喵雖然是個認真的助手，但牠喜歡做些不必要的事情，所以常常在便便奶奶下命令之前，牠就已經累得無法動彈。

「那要怎麼做呢？」

便便奶奶笑了笑，一副早有對策的樣子。

「啊！該不會……要用那一招吧？」

「沒錯！」

便便奶奶看著手上的鍋子和勺子，說：

「現在輪到你們上場了！」

接著，便便奶奶把勺子放進鍋子，開始快速轉動，就像平時為了讓年糕入味一樣。唯一不同的是，現在轉動的方向和平時相反！

轉轉轉，轉轉轉，一圈又一圈……
轉轉轉，轉轉轉，一圈再一圈……

每轉動一圈，教室時鐘的分針就往回轉一圈。

時間從晚上七點倒回下午兩點，也就是五個小時前。

天色瞬間從一片漆黑變成白天……！

便便奶奶和神喵的眼前出現了白天時的情景，教室裡的小朋友卻似乎都看不見他們。

「哇，我們回到五小時之前了！」

「我們的時間不多，時光倒轉的效力只有五分鐘，我一定要找到誣賴笑笑的學生，你……嗯？」

神喵消失不見了。牠八成已經溜進學生之中，迫不及待想要找到凶手吧！

「這傢伙真是……」

噗噗噗！

某處突然傳來了放屁聲，聽起來像是忍到極限後從屁股溜出來的屁聲。

「啊！有屁味！是誰放屁呀？」小東站起來，摀著鼻子大聲說：「是誰？快點自首！」

小朋友你看我、我看你，教室裡一片鴉雀無聲。

「我知道了！李笑笑，是你放的吧？」

「我？不……不是我！」笑笑一臉訝異。

「你還不承認？放屁聲就是從你那邊傳來的，李笑笑放屁！李笑笑是放屁大王！」

「不是我！」

「嘔！別靠近我！有屁味！」

「是李笑笑放的屁嗎？」

「放屁大王李笑笑！」

「你轉來我們學校是特地來放屁的嗎？」

「噁，好討厭喔！」

其他小朋友也跟著小東一起嘲笑笑笑。

笑笑覺得很冤枉，但沒有人願意相信她。

笑笑忍不住哭了。

「不是我……我絕對沒有放屁……」

看著哭泣的笑笑，便便奶奶非常心疼。

她想過去安慰笑笑時，原本鬧哄哄的教室情景瞬間不見了。周圍再次變得安靜，一片漆黑。牆上的時鐘顯示為晚上七點，好像什麼事都沒發生過。

　　便便神喵從遠處衝過來。「奶奶！找到了！我找到放屁的凶手了！」

　　「是誰呢？」

　　「就是小東！放屁的人明明是他，他卻推給笑笑！」

　　「這樣呀！好，我們立刻去找小東吧！」

　　「我來帶路！」

便便奶奶和神喵以迅雷不及掩耳的速度來到小東家。

小東剛從廁所出來，看見客廳來了兩位不速之客，嚇得跌坐在地上。

「啊！奶奶你是誰？還、還有一隻貓？」

便便神喵對小東露出尖銳的牙齒說：

「你這個壞小孩！我是來懲罰你的！」

小東並沒有因此感到害怕，反而立刻站起來反問：「懲罰我？為什麼？」

「你還敢問為什麼！明明是你放屁，為何誣賴笑笑？」

「啊！你們怎麼會知道？」

「便便奶奶會用便便咒語來懲罰你的！」

「便便咒語？那是什麼？」

「以後不管你吃什麼口味的辣炒年糕，都會
變成便便的味道！」

聽見便便神喵說的話，小東頓時臉色發青。

「什麼？不行！我最喜歡吃的就是辣炒年
糕！便便奶奶，請原諒我！我知道錯了！」

「多說無益！便便奶奶絕對不會手下留情！」

起司從小就是隻膽小如鼠的貓，變身為便便神喵後，竟變得這麼正義凜然，實在令人難以置信。

　　便便奶奶不讓神喵繼續說下去。「這樣就夠了，畢竟我們不是來懲罰小東的。」

　　「什麼？這是什麼意思？」神喵睜大了雙眼。

　　便便奶奶蹲下來對小東說：「……你反省過了嗎？」

其實呢……

　　「對！我真的反省過了！其實……」
小東吞吞吐吐地開口：
「一年級時，我的綽號是『便便大王』。我第一次在學校上大號時，大家都說我身上有便便的味道，所以

嘲笑我是『便便大王』。升上二年級後，大家終於不再說我是『便便大王』，我很慶幸，但今天不小心放了屁……我怕大家又會說我是『放屁大王』。」

「唉！原來是這樣呀，那我就原諒你一次吧。」

「什麼？要原諒他？」神喵訝異地問。牠毛髮倒豎，衝過來說：「不行，不行！奶奶最大的罩門就是太容易心軟了！」

「噓！」

便便奶奶好不容易才讓神喵平靜下來。

「其實剛才讓時間倒轉時，教室裡的氣氛真的不太尋常，明明是下課時間，卻很安靜，而且有股臭味。」

「是嗎？」

神喵當時忙著東奔西跑，完全沒有察覺教室裡的異狀。

「小朋友都摸著肚子，好像很痛苦，就像在憋屁。小東誣賴笑笑放屁時，大家都鬆了一口氣，所以犯人不只小東一人。」

「也就是說，可能有好幾個小朋友放屁？」

「大概是吧。」便便奶奶點頭，大聲喊道：「小東！放屁不丟臉，以後不要因為這種事捉弄同學！現在你打電話給笑笑，老實跟她解釋一切，並且向她道歉，好嗎？」

「好！我知道了！」

「很好，不過……」

便便奶奶露出耐人尋味的表情。

「你從什麼時候開始肚子痛的呢？」

「從好幾天前開始，我的肚子就有點痛了，

而且一直很想放屁。啊，對了！我還想到一件事情！」

小東接著說：「今天早上，我肚子太痛了，所以偷偷跑去上教師專用的廁所，正巧校長也在上廁所，他大概也是肚子痛，所以不斷發出呻吟聲！」

「那又怎樣？」神喵不開心地看著小東。

「當時校長一邊上大號，一邊打電話。他說自從營養午餐的預算縮減一半，每次吃完營養午餐都會肚子痛，他還拜託對方把營養午餐的預算提高一點。」

「什麼？」

便便奶奶的眼睛突然閃過一道光芒。

「你還記得校長是和誰通電話嗎？」

「嗯！校長稱對方是董事長……啊！要忍不住了！」

小東邊說話還不斷邊放屁，緊接著又急忙衝去廁所。

噗嚕噗嚕，噗噗！噗嚕噗嚕，噗噗！廁所裡持續傳來響亮的放屁聲。

「唉唷，他的肚子應該很痛吧，剛才他就一直摸著肚子，而且還冒冷汗。」

「我也看到了。話說回來，營養午餐的預算縮減後，每次吃營養午餐就會肚子痛……嗯，剛才笑笑也說，她吃完營養午餐後才開始肚子痛。」

「奶奶！這件事太可疑了！」

「我們得快點再回學校一趟！」

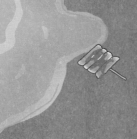

　　便便奶奶和神喵一起來到陽光小學的食堂，
用力打開了儲藏室的大門。

　　「嘔！」

　　儲藏室裡瀰漫著一股腐臭的味道。

喵　　嗚

嘰嘰

米　　米

「天啊！喵嗚嗚！」

「竟然用這種食材來製作營養午餐，嘖嘖！」便便奶奶和神喵忍不住破口大罵。

「就是因為這樣，小朋友才會出現腹瀉和放屁的症狀，看來我們終於查出整起事件的主因了。」

便便奶奶的靴子再次爆發出噴射火焰。

董事長的家非常壯觀，是一棟讓人看了忍不住嘖嘖讚嘆的豪宅。

　　便便奶奶和神喵從窗外探頭，看見光頭董事長正開心地看著自己的黃金雕像。

　　「哈哈哈！把營養午餐的預算減半，就有多餘的資金了。我早該這麼做了，之前都把錢浪費在營養午餐的食材上，現在我終於可以用黃金來裝飾房子啦！哈哈哈哈！」

匡啷噹！

便便奶奶和神喵忍不住打破董事長家的玻璃，衝了進去。

「啊！你、你們是什麼人？」

董事長嚇了一跳，往後退了好幾步，雕像就這麼應聲倒地。

「天啊！我寶貴的黃金雕像！」

董事長飛快衝過去，扶起地上的雕像，不捨地撫摸著。

看見董事長的行為之後，便便奶奶實在非常生氣。

「你這傢伙！怎麼只懂得愛惜自己的雕像，卻用腐爛的食材來製作營養午餐給小朋友吃呢？小朋友可是學校的主人啊！」

「什、什麼？」董事長忍不住大笑說：「學校的主人當然是我啊，怎麼會是小朋友？」

「哼！這個人根本無法溝通！」便便神喵氣得全身毛髮倒豎，連尾巴也豎了起來，作勢要攻擊對方。便便奶奶好不容易才讓神喵平靜下來。

「起司！你忘了我們還有便便咒語嗎？」便便奶奶趕緊大聲念起咒語。

辣炒年糕變，辣炒年糕便便！
辣炒年糕便便變！

接著又念出強化咒語：

連續一百年
你都會吃年糕變便便！

念完咒語後，便便奶奶的勺子射出一道閃光，擊中了董事長的舌頭，發出一聲巨響。

　　「啊，好、好燙！你對我的舌頭做了什麼？」

　　董事長吐著舌頭，痛得不斷奔跑。

　　「你這輩子吃到的辣炒年糕都會是便便的味道！」

　　「辣炒年糕？便便？你在胡說八道些什麼呀？」

　　「哈！我來說明吧！」神喵衝過來說：「只要中了這個咒語，無論是微辣年糕、炸醬年糕、起司年糕、奶油年糕、醬油年糕，還是油炸年糕，只要一碰到你的舌頭，原本美味的年糕馬上會變成便便口味的懲罰年糕！」

　　「你說年糕會變便便？哼！少騙人了！你們以為我會怕嗎？」

便便奶奶和神喵不再理會大聲嘶吼的董事長，離開了他的豪宅。

便便奶奶離開後，董事長立刻去煮自己最喜歡的辣味年糕。

　　「看起來美味的炒年糕，吃起來通常也很美味！」

　　董事長在熱騰騰的炒年糕上撒了閃閃發光的金粉。

　　「嗯，這甜甜辣辣的味道，嘗起來應該也很棒吧？」

　　董事長把炒年糕塞進嘴裡的瞬間……

　　「……噁！……噁嘔！」

　　天啊！便便奶奶說的是真的！年糕放進嘴裡的瞬間，濃烈的便便味充斥了整個嘴巴！

　　「呸呸！為什麼會這樣？」

　　董事長煮了咖哩年糕、奶油年糕和醬油年

糕，但都嘗到了臭哄哄的便便味。

　　「便便詛咒是真的？那我這輩子不就再也沒

辦法吃辣炒年糕了嗎？」

　　董事長的慘叫聲響徹整個豪宅。

　　「我不要啊啊啊啊！」

天漸漸亮了。

「我已經依照吩咐，撥打 110 檢舉董事長的罪行了！」

「太好了，我們的任務結束了。」

便便奶奶再次變回平凡的年糕奶奶，她不停地加快腳步，臉上沒有一絲疲倦。

「我要去一趟早市，準備足夠的辣炒年糕食材，絕對不能太少，因為我要讓每個小客人都吃飽……」

便便神喵也再次變回膽小的起司，牠在年糕奶奶的菜籃裡玩了一會兒，很快就睡著了。為了不要吵醒起司，年糕奶奶走路時格外小心。

「要不要幫辛苦的起司準備一碗熱呼呼的湯呢？」

喵喵喵

又到了放學時間。今天年糕奶奶的辣炒年糕店也擠滿了小朋友。

「年糕奶奶！請給我一份『像兩份那麼多』的辣炒年糕！」

「我要兩份『像三份那麼多』的辣炒年糕！」

「一份就是一份！兩份就是兩份！」儘管年糕奶奶的口氣很凶，但她還是在盤子裡裝滿美味的辣炒年糕，也不忘在熱騰騰的年糕上撒滿起司。

「年糕奶奶！為什麼你的辣炒年糕這麼好吃？」

「辣炒年糕～辣炒年糕～宇宙最強的辣炒年糕～你問我宇宙最強年糕的祕密～美味沒有祕

密～只有年糕奶奶的好手藝～」

每當小朋友提出疑問，年糕奶奶都會唱歌來回答。

「沒錯！這就是全宇宙最強的辣炒年糕！」

一個小朋友豎起拇指，洪亮地喊道，她就是笑笑。

今天，笑笑不是獨自一人，她和新朋友一起來吃辣炒年糕，其中也包括差點被奶奶懲罰的小東。

笑笑和小東把辣炒年糕吃光光，還把碗盤舔得乾乾淨淨。

「唉呀，好累呀！總算打烊了。」

小朋友離開後，年糕奶奶終於可以喘口氣。

「今天還剩一份年糕沒賣完，真是可惜！」

年糕奶奶一邊嘮叨，一邊洗碗。洗完一抬頭，嚇了一大跳，門口站著一個垂頭喪氣的小男孩。

「你的名字是……對了，你是天天吧？」

「對，我是天天。請問打烊了嗎？」

「打烊了喔。」

聽見年糕奶奶的回答後，天天有些不開心。

「但是……」

「什麼？」

「今天還剩下一份辣炒年糕，那就特別通融，讓你吃完再走吧。」

「真的嗎？」

「對！趁我改變心意前，快點坐下吧！」

年糕奶奶把鍋裡剩下的辣炒年糕全倒在盤子上，連同叉子一起端到天天面前。儘管已經煮

好一段時間了，年糕奶奶的年糕不但沒有泡到
爛糊糊的，反而看起來更美味。

　　「不過，你為何看起來悶悶不樂呢？」

　　「其實是因為……」

　　天天猶豫了一下，開口說道：「媽媽買了新
的運動鞋給我，但其中一隻不見了。」

　　「唉呀，真糟糕！」

　　「媽媽說我太粗心了，一天到晚弄丟東
西。」

「看來你剛剛被媽媽狠狠罵了一頓。」

「對……年糕奶奶，你也覺得我很笨嗎？」

「不會呀！或許因為我有老花眼，但你看起來不笨啊。」

「媽媽叫我出來找弄丟的那隻鞋子，但我肚子太餓了……正巧這間店的燈還亮著，所以我才會走進來。」

「我小時候也經常弄丟東西。」

「真的嗎？」

「我曾經弄丟鉛筆和筆記本，甚至還把整個書包弄不見過。」

天天好不容易露出笑容。

「不要閒聊了，趕快吃吧！」

聽見年糕奶奶的提醒，天天認真又津津有味地吃完所有年糕。

喀啷

天天離開後，年糕奶奶立刻鎖上店裡的門。
她綁緊圍裙，右手拿起勺子，左手拿起鍋子，
嘴裡念出「便便變」咒語！

年糕奶奶變，年糕奶奶便便，
年糕奶奶便便變！

一瞬間，年糕奶奶搖身變成便便奶奶！
「咻呼！」
她一吹口哨，起司就像風一樣出現在眼前，
前腳還套著塑膠袋。

牠本來在玩路上撿到的塑膠袋，聽見突如其
來的呼叫時嚇了一跳，急急忙忙趕過來。

「喵！要……要出動了嗎？」

「沒錯！」

便便奶奶對起司念起「便便變」咒語。

起司喵喵變，起司喵喵便便！
便便神喵便便變！

膽小的起司貓咪瞬間變成了威風凜凜的便便神喵！

「今天的任務是什麼呢？」

「我們必須幫天天找到弄丟的那隻運動鞋。」

「我知道他弄丟的運動鞋在哪裡，我來帶路吧！」

神喵的尾巴緊緊纏在便便奶奶的腳踝上。不一會兒，便便奶奶就飛向天空！

轉眼間，便便奶奶和神喵來到陽光小學的後門。

　　四周一片漆黑，顯得有點陰森。

　　「天天的運動鞋是在這裡弄丟的！」

　　「這樣呀。」

　　「呼！這項任務可不簡單，我立刻行動！」

　　話一說完，神喵跑來跑去，看起來相當忙碌，一下子跳到牆壁上，一下子用長長的尾巴掃地，甚至還去聞行人的腳。

　　但這些行為完全沒有任何幫助。

　　「拜託你，趕快停下來！」

　　便便奶奶實在看不下去了。

　　「那該怎麼辦呢？」

　　便便奶奶笑了笑，一副胸有成竹的樣子。

「現在輪到你們上場了。」

便便奶奶奮力揮動勺子，在鍋子不停攪拌，但方向和平時攪拌的方向相反。

轉轉轉，轉轉轉，一圈又一圈……
轉轉轉，轉轉轉，一圈再一圈……

轉了五圈後，時間回到五小時之前，便便奶奶和神喵見到了意想不到的情況。

「喂！天天！」

「大、大哥哥……」

「你的運動鞋看起來很不錯耶，是新買的嗎？」

「不錯喔！讓我也穿穿看吧。」

兩個惡劣的男生正在欺負天天，一個男生很高，另一個男生比較矮。

「大哥哥，不、不行！」

天天一臉驚恐地往後退。

高個子男生背著的書包上寫著天天的名字。

「便便奶奶！請看那邊，那個人背的是天天的書包！」

「原來是這樣。天天沒有把東西弄丟，而是被別人搶走了。」

「就讓我試穿一下吧，嗯？」

高個子男生強行把天天腳上的一隻運動鞋脫下來。

「不⋯⋯不行！這是媽媽買給我的⋯⋯你們已經把我的書包、筆記本和鉛筆搶走了！不能連我的鞋子都搶走！」

雖然害怕到不斷顫抖，天天還是鼓起勇氣，大聲說道：「媽媽說只有壞人會欺負別人！所以大哥哥是壞人！」

「你說什麼？」

「不！我不會讓你們搶走我的鞋子！」

「快點交出來！我要穿看看！」

結果天天的一隻鞋子還是被搶走了，他忍不住大哭。

「是誰在那邊？」

大概是聽到天天的哭聲，學校的警衛叔叔過來了。

「嘖！快逃！」

兩個男生應聲而逃，還把天天的那隻運動鞋順手扔進路邊的垃圾桶。

「啊！我受不了了！」

神喵的尾巴和毛都豎了起來，牠飛奔過去，想要咬其中一個男生。但在牠尖尖的牙齒快要碰到男生的腳踝之前，就和便便奶奶一起回到了原本的時間。

「我們要去懲罰欺負天天的那兩個男生！」

「我來帶路吧！」起司氣呼呼地說。

他們來到了數學補習班前面。

欺負天天的兩個男生剛走出補習班，便便奶奶和神喵擋住了兩人的去路。

「這個奶奶是誰啊？居然還有一隻貓？」

「這是在做夢嗎？嘻嘻！」

兩人捧腹大笑。

「壞孩子！」

但當便便奶奶大聲叫住兩人，他們頓時嚇得不知所措。

「哇，快點，快點！請快點懲罰他們吧！」

這次便便奶奶沒有阻止神喵，她點點頭，立刻念起便便咒語。

辣炒年糕變，辣炒年糕便便！
辣炒年糕便便變！

並且加上強化咒語：

連續一百年

你們都會吃年糕變便便！

砰！

咒語念完的瞬間，便便奶奶的勺子射出兩道
閃光，擊中兩人的舌頭。

「啊，好燙！」

「呃，我的舌頭！」

兩人被燙得上竄下跳。

便便奶奶大聲喊道：「從現在開始，你們這輩子吃到的辣炒年糕都會是便便的味道！」

便便神喵也不甘示弱，牠大聲說：「哈！只要中了這個魔法詛咒，無論是微辣年糕、炸醬年糕、起司年糕、奶油年糕、醬油年糕，還是油炸年糕，只要一碰到你們的舌頭，原本美味的年糕馬上會變成便便口味的懲罰年糕！」

「什麼？不會吧？你說什麼？」

「請放過我們！為什麼要這樣懲罰我們？」

「對呀！我們非常喜歡吃辣炒年糕欸！」

兩個男生開始向便便奶奶求饒。

「一直以來，你們都在欺負善良的天天，搶他的東西。難道你們想要否認？說話之前，想想剛才的懲罰吧！」

聽見便便奶奶的話，兩人頓時啞口無言。

「現在，你們立刻去跟天天道歉！要真心道歉，否則這個懲罰絕不會消失！」

隔天。

明明已經過了營業時間，但辣炒年糕店的燈還亮著，好像在等待某人到來。

過了一會兒，天天出現了。

「我一直在等你！」

「奶奶怎麼知道我會來呢？」

「我可是無所不知的年糕奶奶！」

年糕奶奶把一大盤辣炒年糕端到天天面前，還撒上比平常更多的起司粉，整間店裡充滿辣炒年糕和起司粉融合後的夢幻美味，讓人忍不住吞口水。

「這是『像兩份一樣多』的一人份，快吃吧！」

「我要開動了！」

天天吃得津津有味，當他把最後一根辣炒年糕吞下去，年糕奶奶問：

　　「天天，你在哪裡呢？」

　　「什麼？這是什麼意思？我不是在這裡吃辣炒年糕嗎？」

　　「我是說真正的你！真正的你現在躺在醫院裡吧？」

　　「你……怎麼會知道呢？」天天睜大眼睛。

和兩份一樣多的
一份辣炒年糕

「我從一開始就知道了。每當有客人來我們店裡，掛在門上的鈴鐺就會發出噹啷噹啷的聲音，但是你進來的時候，卻沒有鈴鐺聲。」

「……我不是故意要騙你的。」

天天低下了頭。

「我知道。就算你不說，我也知道。我還知道你為了找運動鞋，不幸發生了車禍，雖然被救護車送去醫院，但現在仍然躺在醫院裡，還沒醒來……為什麼你不跟媽媽說實話呢？為什麼不告訴媽媽自己被欺負呢？是擔心媽媽會罵你嗎？」

「不，不是那樣的，因為……因為我擔心媽媽會難過。媽媽平常都跟我說，要當個勇敢的小孩。」

天天抬起頭，對年糕奶奶露出開朗的笑容。

「我也知道奶奶已經幫我教訓那兩個壞哥哥了，因為他們來醫院向我道歉，還哭著說不會再欺負我，希望我快點醒來。」

「所以你原諒他們了嗎？」

「嗯……我還要再考慮一下，因為我現在……很痛。」

年糕奶奶靜靜看著天天手上和腳上的傷口，接著低頭看了看天天的腳，他只穿著一隻鞋，沒穿鞋的那隻腳上襪子已經脫了一半。

天天放下叉子，站了起來。

「奶奶！真的很謝謝你為我準備這麼美味的辣炒年糕，我該走了。」

「慢著！天天，等一下！」

聽見年糕奶奶的話，天天轉過頭。

年糕奶奶拿著一樣東西走過來，原來是天天遺失的那隻運動鞋。

「把鞋子穿上吧！」

年糕奶奶親自幫天天穿上運動鞋，天天開心地跳起來。

「哇啊！終於找到另一隻運動鞋了！我的運動鞋真的很帥吧？」

「對，非常帥氣！」

「嘿嘿，現在我絕對不會再讓別人搶走我的運動鞋。」

「一定要做到喔！千萬別被搶走啦。」

「穿上運動鞋後，我就能開心地跑步了！」

「不行！」

年糕奶奶緊握住天天的手，叮嚀他：「你一定要慢慢走，千萬不能跌倒！」

「嘿嘿，好！」天天開心地回答。「對了！奶奶！我想拜託你一件事……」

隔天，有個和天天長得很像的女人來到辣炒年糕店。

　　「可以給我一份辣炒年糕嗎？」

　　年糕奶奶把剛煮好的辣炒年糕裝在盤子裡，熱騰騰地端上桌。

　　但那個女人沒有吃，突然就哭了。

　　「我兒子天天真的很喜歡這裡的辣炒年糕，他曾經找我一起來吃……」

　　「這樣呀。」

　　年糕奶奶安撫天天的媽媽，不捨地拍拍她的肩膀。

　　「不過，你找我來有什麼事嗎？」

　　年糕奶奶堅定地說：「……其實是天天拜託我一件事，他請我一定要轉達這番話。」

「什麼？天天拜託你什麼……？」

「發生意外的那一天，天天沒有弄丟運動鞋，而是被可惡的大哥哥欺負，是他們搶走了天天的鞋子。以前那些不見的東西，也都是他們搶走的，不是天天弄丟的。」

女子睜大了雙眼，眼睛不斷流出淚水。

「天啊！我竟然都不知道……天天一定很氣我吧？」

年糕奶奶搖了搖頭。

「不，天天反而很愧疚。那一天他為了找運動鞋，遲遲沒回家，他說媽媽一定等了很久，所以覺得非常抱歉。」

「天天……！嗚嗚，都是我的錯。我沒辦法保護天天，不僅不知道他被別人欺負，還把他罵了一頓，叫他把鞋子找回來……我就這麼失去了天天。」

「天天是個勇敢的孩子，是我見過最勇敢也最棒的孩子。」

「對，天天就是這麼好的孩子！」

這時，天天媽媽背包裡的手機響了。

「喂……什麼？天天醒了？我的天啊！我立刻過去！」

天天的媽媽突然站起來。

「年、年糕奶奶！我們家天天……天天！」

「你快去吧！」

天天的媽媽完全沒動那盤辣炒年糕，就急著準備離開。這是辣炒年糕店開幕以來，第一個完全沒吃就走掉的客人。

但年糕奶奶一點都不覺得難過，反而開心地笑了。

「謝謝你！真的……非常感謝你！」

天天的媽媽面帶笑容，匆匆忙忙地離開了。

「走慢一點，千萬別摔倒！」

年糕奶奶心滿意足，她不斷揮手，直到看不見天天媽媽的身影。

「喵！」

起司不知何時來的，牠用前爪揉搓自己的臉，眼淚不斷流下。

「天天醒來了吧？明明是令人開心的消息，我為什麼要哭呢？」

「起司來了呀！外面很冷，趕快進來取暖休息吧。」

「不用了，我剛去過下水道和泥巴坑，不管怎麼清理都還是臭臭的，所以我還是不要進店裡好了。」

起司最後還是拒絕了，年糕奶奶把香噴噴的
香腸纏在起司的尾巴上。

　　年糕奶奶抬頭挺胸，看著高高掛在天上的月
亮，自言自語說：
　　「該打烊了，明天還得早起做生意呢。」

「嘔！」

這幾天，董事長都在尋找美味的辣炒年糕。

「這個是便便的味道！那個也是便便的味道！全都是便便的味道！」

咖哩年糕、起司年糕、牛肉年糕、泡菜年糕……他找遍了全世界的年糕，都只嘗到便便的味道。

媒體大篇幅報導了董事長的醜聞。

「感謝匿名者的檢舉，才揭露陽光小學用腐爛食材製作營養午餐的事實！據說這段期間，吃過營養午餐的小朋友都飽受腹瀉所苦！」

警察立刻前往董事長辦公室。

「我沒罪！我是冤枉的！」被逮捕的同時，董事長大聲吶喊：「啊！便便奶奶！你等著瞧，

我一定會報仇的……！」

第二集待續……

作者的話

　　大人真的很惡劣，因為他們對小孩的要求真的很多，像是竟然要求才十歲的小孩要聰明、勇敢、善良又獨立。前一秒說：「既然長大了，這點程度的事情應該辦得到吧？」但轉眼間又會帶著輕視的態度說：「小孩子懂什麼？」

　　小學時期的生活本應很開心，但我很討厭那段時光，因為當時年幼的我有許多難以解決的煩惱。那些日子裡，因為大人的錯誤與自私，讓我面臨很多無法承擔的問題，因此難以入眠、不想去學校，心裡也很鬱悶。

　　那時候每晚睡覺時，我都會有個願望：希望有人會挺身而出，幫我解決所有問題。雖然這個奇蹟沒有發生在我身上，但我希望這個奇蹟能降臨在讀過這本書的小朋友身上。

我希望所有閱讀這本書的讀者，都能遇見真正的年糕奶奶。另外我發現，生活中其實有很多年糕奶奶。

　　如果在心情不好時遇見年糕奶奶，她會拍拍我們的肩膀，安慰地說：「別擔心啦。祝你有個好夢，一覺醒來之後，所有問題都會迎刃而解！」

想成為年糕奶奶的 姜孝美

小野人 51

作　　者	姜孝美강효미
繪　　者	金鵡妍김무연
譯　　者	林建豪

野人文化股份有限公司

社　　長	張瑩瑩
總 編 輯	蔡麗真
副 主 編	王智群
責任編輯	陳瑞瑤
行銷企劃經理	林麗紅
行銷企畫	蔡逸萱、李映柔
專業校對	魏秋綢
封面設計	周家瑤
內頁排版	洪素貞

讀書共和國出版集團

| 社　　長 | 郭重興 |
| 發 行 人 | 曾大福 |

出　　版	野人文化股份有限公司
發　　行	遠足文化事業股份有限公司
	地址：231 新北市新店區民權路 108-2 號 9 樓
	電話：（02）2218-1417　傳真：（02）8667-1065
	電子信箱：service@bookrep.com.tw
	網址：www.bookrep.com.tw
	郵撥帳號：19504465 遠足文化事業股份有限公司
	客服專線：0800-221-029
法律顧問	華洋法律事務所　蘇文生律師
印　　製	凱林彩印股份有限公司
初版首刷	2022 年 2 月
初版二刷	2023 年 2 月

ISBN：978-986-384-643-7（平裝）
ISBN：978-986-384-655-0（PDF）
ISBN：978-986-384-656-7（EPUB）

有著作權　侵害必究
特別聲明：有關本書中的言論內容，不代表本公司／出版集團之立場與意見，
文責由作者自行承擔
歡迎團體訂購，另有優惠，請洽業務部（02）22181417 分機 1124

國家圖書館出版品預行編目（CIP）資料

年糕奶奶＠便便變 💨. 1, 追查放屁凶手
/ 姜孝美作；金鵡妍繪；林建豪譯. -- 初
版. -- 新北市：野人文化股份有限公司出
版：遠足文化事業股份有限公司發行，
2022.02

　　面；　公分

862.596　　　　　　　110020775

Copyright © 2021
Written by Kang Hyo-mi & Illustrated by Kim Mu-yeon
All rights reserved.
Original Korean edition published by Chucreambook.
Chinese(complex) Translation Copyright ©2022 by Yeren Publishing House.
Chinese(complex) Translation rights arranged with Chucreambook through M.J.Agency, in Taipei.

野人文化
官方網頁

野人文化
讀者回函

年糕奶奶＠便便變1

線上讀者回函專用
QR CODE，你的寶
貴意見，將是我們
進步的最大動力。

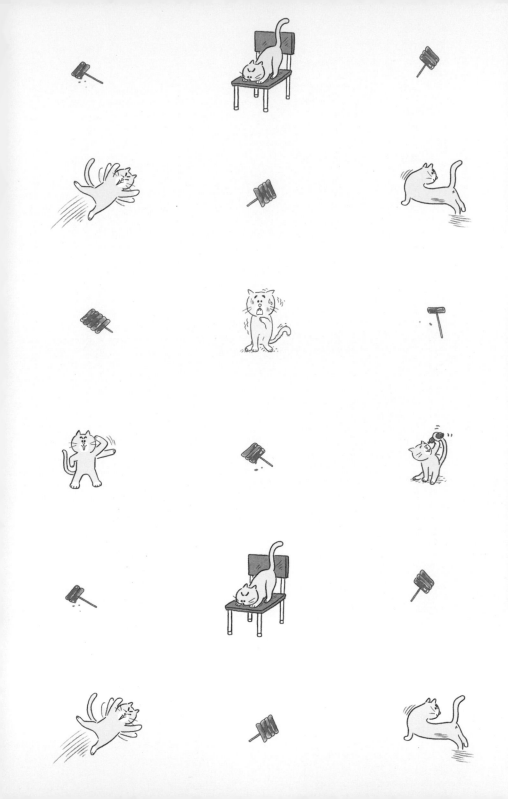

好一段時間了，年糕奶奶的年糕不但沒有泡到爛糊糊的，反而看起來更美味。

「不過，你為何看起來悶悶不樂呢？」

「其實是因為……」

天天猶豫了一下，開口說道：「媽媽買了新的運動鞋給我，但其中一隻不見了。」

「唉呀，真糟糕！」

「媽媽說我太粗心了，一天到晚弄丟東西。」

74

「今天還剩一份年糕沒賣完，真是可惜！」

年糕奶奶一邊嘮叨，一邊洗碗。洗完一抬頭，嚇了一大跳，門口站著一個垂頭喪氣的小男孩。

「你的名字是……對了，你是天天吧？」

「對，我是天天。請問打烊了嗎？」

「打烊了喔。」

聽見年糕奶奶的回答後，天天有些不開心。

「但是……」

「什麼？」

「今天還剩下一份辣炒年糕，那就特別通融，讓你吃完再走吧。」

「真的嗎？」

「對！趁我改變心意前，快點坐下吧！」

年糕奶奶把鍋裡剩下的辣炒年糕全倒在盤子上，連同叉子一起端到天天面前。儘管已經煮